GERD RIESE

Der Blick ist geblieben, die Suche

GEDICHTE

Verlag Am Erker

Heute ist
was gestern
morgen war

Nimmer hört für Gerd Riese das Fragen auf, das Suchen. Immer wieder Glück bereitet das Finden. Auch wenn es nur ein vorläufiges ist. Die Liebe und der Tod sind seine Ur-Themen, die Kindheit in Licht und Dunkel, das ewige Spiel von Farbe und Schatten der bildenden Kunst, seine große Empathie für alle Grenzgänger. Das ganze Leben eine einzige Reise. Wohin führt sie? Sind wir Ebbe oder Flut, sind wir der Wind oder die Fahne?

Gerd Riese, Jahrgang 1950, gewann mit seinem Lyrikband *Das Licht am frühen Morgen* den Ersten Preis der Rauner-Stiftung. Er erschien 2007 im Grupello-Verlag Düsseldorf. 2012 veröffentlichte er mit *King George, Chagall, die Monroe und wir* im Demosthenes-Verlag Köln einen Band mit Erzählungen. 2016 folgte, ebenfalls bei Demosthenes, *Mein Weg. Biografische Gespräche mit stotternden Menschen*, eine Sammlung von Reportagen. Über seine Bücher hinaus verfasst er zahlreiche Beiträge für Anthologien und Zeitschriften.

In Kettwig an der Ruhr geboren studierte der Autor einmal Geschichte, Politische Wissenschaften und Pädagogik in Marburg an der Lahn, fuhr nach seinem Examen des Nachts Taxi in Köln, um sich ansonsten für fünf wundervolle Jahre nur noch der Kunst zu widmen, begegnete eines Tages sogenannten Geistigbehinderten und arbeitete danach, es war Liebe auf den ersten Blick, fast dreißig Jahre als Lehrer an einer entsprechenden Privatschule in Dortmund. Schon immer mochte er Menschen, deren Leben etwas ver-rückt ist.
Seit 2005 lebt er in Witten an der Ruhr und seit 2010 im Ruhestand. Zusammen mit Ilona Richter, der Fotografin dieses Buches. Endlich hat er Zeit. Für's Lesen, für Freundschaften, die Liebe, für Kunst und Literatur. Über alle Jahre und Zeiten hinweg schrieb er. Ein Lebenselixier. Tagebücher, Prosa, Reportagen, Rezensionen.
Vor allem die Lyrik ist seine große Leidenschaft geblieben. Hiermit legt er seinen zweiten Band mit Gedichten vor.

Originalausgabe Frühjahr 2019

Layout: Marion Stelter Leipzig

Verlag Am Erker Münster

Druck und Bindung: docupoint Barleben
ISBN 978-3-925084-58-4

1

Komm, mein kleiner Freund, wir gehen und pflücken uns den Mond vom Himmel

LOB MEINER GROSSMUTTER

Webmuster, Stoff, Schnittbogen, Hohlsaum, Doppelfaden, Chintz,
Abstecken, Zuschneiden, Auftrennen, Umsäumen, Paspeln,
Versäubern, Reihgarn, Glacé, Maßband, Georgette, Blindnaht

Sie war sehr klein, 1,50 vielleicht. Jahrgang 1888.
Auf ihrem Schoß hockend oder morgens in ihrem Bett
lauschte ich ihren Geschichten. Stets auswendig erzählt

Frau Holle, Hänsel und Gretel, Däumling, König Drosselbart,
Aschenputtel, Brüderchen und Schwesterchen, Sterntaler,
Schneeweißchen und Rosenrot, Rumpelstilzchen, Hans im Glück

Mit elf war ich ihr schon über den Kopf gewachsen, ging
aufs Gymnasium. Sie sprach kein Englisch, Französisch, Latein.
Aber sie konnte Wörter wie Plissee, Jacquard, Glencheck, Bouclé,

Musselin, Pailletten, Vlieseline, Pannesamt, Walkstoff, Fadenlauf,
Nadelkissen, Unterfüttern, Smoken, Seidensaum, Spitze, Tweed,
Schulterpolster, Vichykaro, Schneiderpuppe, Kopierrädchen, Zwirn

Mit solchen Wörtern wuchs ich auf, Wörtern meiner Oma,
der Schneiderin, mit ihren Geschichten, unermüdlich
erzählt. *Auswendig*, lernte ich in Englisch, heißt *by heart*

Der gestiefelte Kater, Tischlein deck dich, Jorinde und Joringel,
Rotkäppchen, Der Wolf und die sieben Geißlein, Dornröschen,
Schneewittchen. Und natürlich: Das tapfere Schneiderlein

Sie webte mit Worten, die Schneiderin,
nahm mich auf den Schoß, wiegte mich,
spann mich ein in ihre Geschichten, in

Bündchen, Taschenbeutel, Knopflochseide, Spule, Abnäher
Kräuselnaht, Doppelnaht, Unterfaden, Nähkasten, Stichlänge,
Zickzacknaht, Fadenspannung, Schwungrad, Haken und Ösen

Sie wurde 94 Jahre alt, schon lange ist sie tot
Ein Dichter bin ich geworden, weiß längst
Text ist Latein, heißt wörtlich *Gewebe*

AMPLITUDEN DES LICHTS

Ich sehe mich sitzen, sehe mich denken,
ich hatte alles verstanden, Licht
ist physikalisch leicht erklärbar,
es besteht aus Alpha-, Beta- und Gammastrahlen
sich überlagernder Amplituden.
Logisch gab es nichts einzuwenden.

Und doch hatte mich Dr. Reiffer nicht überzeugt.
Licht war mehr. Das konnte
einfach nicht alles sein.
Ungläubig

schrieb ich unter der Bank
meine ersten Gedichte

HEIMATVERLUST

Kam das Kind zu spät,
wieder einmal zu spät
heim, eine oder nur eine halbe Stunde
zu spät, zu spät heim,
hatte es sich wieder einmal
draußen verspielt, die Zeit
vergessen, die Zeit,
da wurde es Zeit, in der Küche
die Schublade aufzuziehen,
die mit den Holzlöffeln,
den langen Holzlöffeln,
es hatte die kurze Lederhose
herunterzuziehen, herunter,
vier, fünf, acht Schläge
mit dem großen Holzlöffel
von der Mutter, der Mutter
mit dem energischen Gesicht
auf den Unterhosenhintern,
es hatte zu lernen, das Kind,
das Kind mit dem Unterhosenhintern,
endlich zu gehorchen, endlich
einmal pünktlich zu Hause
zu sein, zu Hause, heimzukommen,
gerne kam das Kind nicht
nach Hause, heim, nach Hause,
noch als es alt war, das Kind,
das erwachsene Kind,
wusste es nicht, was das war,
ein Heim, ein Zuhause,
Heimat, eine Familie

KAUGUMMI DURFTE ICH NICHT

Brest, Bretagne, September 1940 bis Januar 1942,
2. Batterie Artillerie-Regiment 211,
danach mit der ganzen Division ostwärts,
3000 Kilometer nach Brjansk vor Moskau,
sechs Wochen Warschau, Lazarett,
zurück nach Schtschigry, Russland,
erneut verwundet, am Ende Heimatfront
im Emsland, in Ostfriesland. Zuletzt
in britischer Kriegsgefangenschaft.

Dieser Mantel. Mitten in Paris,
mitten im besetzten Frankreich,
erinnere ich mich an diesen Mantel,
erzähle davon der deutschen Frau,
der, die ich liebe, im Jahre 2017 liebe,
war es in den Tuilerien, unter dem Tour Eiffel,
auf den Quai Voltaire, im Jardin du Luxembourg,
immer noch sind die Kieswege geharkt,
die grünen Bänke mit ihren geschwungenen Rücken
äußerst bequem, ich rieche ihn noch,
den schwarzen Ledermantel,
sehe seinen grünlichen Schimmer,
fühle, wie schwer er war.

Als ich sehr klein war, trug er ihn noch,
mein Vater, diesen Mantel, Mitte der fünfziger Jahre
muss er verschwunden sein.
Kaugummi durfte ich nicht,
Coca Cola durfte ich nicht,
Comics durfte ich nicht.

Alles zu amerikanisch, da war er streng.
Aber auch die Engländer. Scheiß-Tommys,
sagte mein Vater, der sonst fast nie fluchte,
einmal kamen mir zwei von ihnen,
der Krieg war schon über ein Jahr vorbei,
auf der Ruhrstraße in Kettwig entgegen,
einer gab mir plötzlich eine Ohrfeige,
Scheiß-Tommies, urplötzlich, ich konnte nichts machen,
auf dem Bürgersteig, einfach so.

Einfach so.

MEINE MUTTER WAR EINE EGOMANIN

Meine Mutter war eine Egomanin.
Aber sie hielt sich keinen jüngeren Liebhaber
neben meinem Vater im Haus,
soff sich nicht besinnungslos,
sprang nicht durch eine Glasscheibe,
um sich zu Tode zu stürzen,
riss nicht das Tischtuch meiner Hochzeitstafel herunter,
sie war keine Widerstandskämpferin,
die ihr Leben auf's Spiel setzte,
an dem ihr wenig lag.
Meine Mutter war eine schlichte Egomanin.
Es gelang mir einigermaßen,
sie auf Abstand, mir
meine Mutter
vom Leib zu halten.
Sie war platzeinnehmend. Aber
ich konnte flüchten.

Darin lag ihre Macht.
Dass ich flüchten musste.
Meine Mutter war nur eine Egomanin.

Nach der Lektüre von Maria Nurowska
Jenseits des Todes

WAS DU DANN SIEHST

Wenn du die Augen zumachst,
was du dann siehst,
das gehört dir!,
wies meine Mutter
mich gern in die Schranken.

Inzwischen bin ich viel älter
als damals sie, ohne Weiteres
könnte ich ihr Vater sein.
Ich weiß, auch wenn
sie es ganz anders meinte:

Im Grunde hatte sie recht.
Sie ahnte es nur nicht.
Ich übe mich im Vergeben
und schreibe ein Gedicht.
Für mich, für Dich, ferne fremde Mutter.

Die transzendentale Seite der Kunst,
las ich, sehr dankbar las ich es,
sei immer eine Form des Gebets

John Berger gewidmet

BRÜDER

Brüder! Hört das Wort!
Soll's ein Wort nur bleiben,
soll's nicht Früchte treiben
fort und fort.
Der, der mein Bruder heißt,
ist mein Bruder nicht.
Alle Menschen werden Brüder,
wo dein sanfter Flügel weilt.
Ich suchte ihn, den Bruder,
aber dich, der du mein Bruder heißt,
dich fand ich nicht.
Freude schöner Götterfunken,
Tochter aus Elysium,
wir betreten feuertrunken,
Himmlische, dein Heiligtum.
Der, der mein Bruder ist,
wird mein Bruder nicht.
Brüder zur Sonne, zur Freiheit,
Brüder zum Lichte empor.
Hell aus dem Dunklen Vergangnen
leuchtet die Zukunft empor.
Ich nannte ihn Bruder,
ich suchte ihn als Bruder,
doch der, der mein Bruder ist,
wurde nicht zum Bruder.
Alle Menschen werden Brüder,
wo dein sanfter Flügel weilt.
Bruder, wo bist du,
wo, Bruder?
Brüder! Hört das Wort!

Soll's ein Wort nur bleiben,
soll's nicht Früchte treiben
fort und fort. Doch der,
der mein Bruder heißt,
ist mein Bruder nicht, er
wird mein Bruder nicht.

Fort und fort, Brüder,
Brüder zur Sonne, zur Freiheit!

Eine Collage aus Morgenstern, Radin,
Riese, Scherchen, Schiller und Beethoven

DAMALS WAR INDIEN NOCH FERN

Welch eine Pracht, ein Rausch,
wie verrückt waren die Menschen
nach Tulpen, gaben alles, ihr Leben
einst für eine einzige Zwiebel

Zwölf oder dreizehn war ich und malte,
ich malte wie nie zuvor nie wieder,
mischte alle Farben, fand immer neue
Nuancen, Schattierungen, Variationen,
rastlos war meine Suche, atemlos
meine Suche nach einer anderen Farbe

Mir träumte, es gab eine Blume,
vielleicht in Indien, in Afrika, fern über dem Meer
eine Blume, die nicht blau war, nicht rot,
gelb, lila, nicht rosa oder orange. Vielleicht
gab es ja irgendwo auf der Welt
eine ganz und gar andere Farbe,
eine Farbe, die noch nie

noch nie und niemand je gesehen
Manchmal träumt ich noch heute

FLASCHENPOST

30 Grad Hitze am Rhein-Herne-Kanal.
Unweit längst verlassener Zechen
springen ein paar Jugendliche
von einer stählernen Brücke.
Kopfüber, vier bis fünf Meter.
Der Kai grau, Schotter,
hier und da ein paar Grasbüschel

Genau mit der Stirn
prallt einer der Jungen
auf eine treibende Flasche

Nur eine leichte Platzwunde.
Ein anderer rettet die Flasche.
Verkorkt! Zusammen erklimmen sie schnell
den Sockel eines Brückenpfeilers,
zerschlagen den Hals, Splitter, grüne Scherben.
Der Zettel verblasst, nicht zu entziffern.
Keine Nachricht von der Insel

Ein paar Tropfen Blut
erreichen am Ende des Sommers
das offene Meer

MIT EINER ZIGARETTE IN DER HAND

Damals, als Zigaretten das Selbstvertrauen stärkten,
als einem Mann mit einer Schachtel Zigaretten
die ganze Welt gehörte, damals,
als ich noch keine Oliven kannte,
keinen Humus, keine Mango, keinen Sex,
damals, als ich noch so viel stotterte,
dass ich stolperte auf meinem Gang
ein Mann zu werden, ein Mann
in einer Welt, wo das Wort Frau
vor allem hieß, dass sie kein Mann war,
ein Mann zu werden, der Sex kannte
und der stotterte mit einer Zigarette in der Hand,
und dabei den Rauch so lässig in die Luft blies,
als sei alles ohne Bedeutung,
der den Rauch ausatmete,
ganz nebenher, als seien
es seine eigenen Worte,
seine Worte in einer Welt,
in der das Wort Angst
auf einmal ganz leicht wäre, schwebend
wie ein oder zwei kleine weiße Kringel
aus Rauch in der Luft

HINTER SEINEM LÄCHELN

Nein, mein Vater hat nicht gestottert.
Aber immer hatte er das Gefühl,
er sage das Falsche, nie hörten
seine Worte sich richtig an, nie
sagte er, was er dachte und fühlte, nie
fand er die Worte.
Er stotterte in allen Sprachen.
Hinter seinem Lächeln
verbarg sich ein Weinen.

Ich habe gestottert, ich stottere immer noch.
Doch finde ich, finde ich
immer wieder die richtigen Worte.
Mit meinem Vater möchte ich nicht tauschen.
Ich bin kein Held, zog nicht
durch russische Weiten, hinterließ
keine verbrannte Erde, verbrannte
meine Seele nicht. Nie,

nie musste ich schweigen.

KOMM, MEIN KLEINER FREUND

Komm, kleiner Freund, mein Lieber,
wir gehen und pflücken uns
den Mond vom Himmel,
nehmen uns an die Hand,
hüpfen über die Regenpfützen
und schneiden da drüben der Alten
grinsend unsere Grimassen,
wedelt sie wild mit dem Stock,
brechen wir einen Streit vom Silberknauf,
ihr über die Straße zu helfen
können Dümmere tun.
Soll sie sich die Füße ruhig nass machen,
wir ziehen weiter unseres Wegs
und zählen die Sterne in der Nacht.
Fehlt uns einer, kümmert's uns nicht,
eine Schneeflocke reicht uns,
wir können getrost warten
auf Winter und Kälte, rubbeln uns warm,
stopfen unsere Tonpfeifen
mit buntem Herbstlaub voll
und husten den anderen eins.
Aus der Kirche klauen wir uns
die Hochzeitsbraut und das Glockengeläut
nehmen wir auch noch mit.
Wir zeigen ihr unsere Höhle
und bis zum Morgengrauen
wird sie uns lieben, am Feuer,
uns beide, den einen wie den anderen.
Wenn sie dann schläft,
werden wir, du und ich, Arm in Arm

vorne am Eingang der Höhle sitzen
und hinunterschauen ins Tal.
Da unten windet sich unser Weg,
ein heiserer Hund bellt in der Ferne,
die Sonne trocknet langsam die Pfützen aus.
Ich nehme dich huckepack,
du wirst müde, mein Kleiner,
hoch oben auf meiner Schulter
wirst du laut rufen, die Hand
in die Höhe strecken,
dem Mond einen Gruß winken, fast
hättest du ihn berührt

AN EUCH

Eure Gesichter zeichne ich
in den Sand, bei Ebbe,
Eure Klage, Euren Mut,
all das, was Ihr gewohnt,
Eure Trauer, Euer Beharren,
Euer Versagen
Kniend vor Euch
warte ich auf die Flut
Kreischende Möwen sie lachen
Von meinen Lippen trägt fort
mir die Worte der Wind

Am Abend über Euch
eine letzte Sonne
Schatten in Linien, in Furchen
Bis das Meer
sie wird glätten

meinen lange verstorbenen Eltern

2

So hatte ich mich noch nie gesehen,
ich starrte in den Spiegel
und ließ mich nicht aus den Augen

NÄHER KOMMEN

Er reiste oft allein und viel zu Fuß.
Im Gehen wurde ihm die Welt
nicht kleiner, sondern immer größer.
So groß, dass er schließlich
in ihr verschwand.

Doch immer hatte er
Briefe geschrieben,
altmodische Briefe.
Alle lauteten ähnlich: Sucht
mich nicht, ich gehe fort.

Mit den Wörtern im Mund,
schrieb er, zertreten wir
so viel wie mit den Füßen im Gras,
aber wir zertreten
auch mit dem Schweigen.

Manchmal sei ihm, als ob
jeder Tote einen Sack
mit Wörtern hinter sich lasse.
Ein Leben aber wolle
er leben, einen Sinn.

Und doch wolle er
unsere Geschichte aufschreiben.
Auf dass wir staunten,
wie sehr er uns erfände und so
der Wahrheit näher komme.

Variation über Romananfänge von Christoph Ransmayr
Die Schrecken des Eises und der Finsternis,
Luise Rinser *Bruder Feuer,* Herta Müller *Herztier*
und Erika Pluhar *Als gehöre eins zum anderen*

ALS ER ENDLICH SPRACH

begann er behutsam zu stottern,
stieß er an Silben und Lauten an,
als seien es kleine Stolpersteine
auf einem langen, weiten Weg

Ich folgte seinem Blick.
Wir sahen in dieselbe Richtung.
Ein Gefühl von Wahrheit streifte mich.
Dann erst sah ich, was ich sah

EINFACH EIN BISSCHEN VERRÜCKT

Es ist schon ein bisschen verrückt,
bald hundert Tagebücher zu füllen

Es ist schon ein bisschen verrückt,
dreißig Jahre mit Geistigbehinderten zu arbeiten

Es ist schon ein bisschen verrückt,
in dieser Welt immer noch einen Gott zu suchen

Es ist schon ein bisschen verrückt,
Gedichte, Gedichte, Gedichte zu schreiben

Einfach ein bisschen verrückt
bin ich sehr ich

Alle Kunst kreist *um eine Wirklichkeit, die wir nicht sehen können, aber ahnen, dass es sie gibt.* (Gerhard Richter)

SELBSTPORTRÄT

Keine Zeichnung, kein Bild,
keine expressionistisch grüne Wange,
flammend rote Schläfe, kein kühner Strich
im Umriss, keine schattentiefe Kohleskizze,
kein El Greco, Rembrandt, van Gogh, Schiele.
Das sei den Malern überlassen.
Dürer war der Erste auf der Suche nach einem Ich.
Auch ich will es mir wert sein und zugleich
vollkommen realistisch vorgehen. Das verspreche ich mir.
Einen Pinsel vermag ich nicht zu führen,
aber nichts will ich auslassen in der BeSchreibung.

Krater pubertärer Akne auf meiner Haut,
Nachlass all der ungeduldig ausgequetschten Pickel.
Genetisch die hohe Stirn, der schmale, tiefe Schädel,
Träger von Hüten in Übergröße, mein Vater grüßt.
Auch die Kahlheit ist ererbt, die schlechten Zähne.
Das weiße Haar schlicht eine Sammlung der Jahre.
Die Ohren sind wohlgeformt, auch das Kinn.
Schwieriger ist es mit der Unzahl von Falten,
Kerben, Rissen, die das Gesicht überziehen.
Ich habe es mir vertraut gemacht, seine Spuren und Zeichen.
Statthalter des Lebens. Ja, es gab schwierige Zeiten.

Unverwechselbar bin ich, Narben gibt es und Nähte,
einst haben sie mir den Krebs aus dem Gesicht geschnitten,
rund um das rechte Auge. Das verdeckt auch die Brille nicht.
Ach, die Altersflecken vergaß ich beinahe,

sie sind allzu normal. Einen Bart trage ich nicht,
zu unregelmäßig der Wuchs. Ja, ich bin eitel.
Die Mundwinkel weisen in so unterschiedliche Richtungen
wie die Tage. Aber diese Lippen sind mir geblieben,
ich mag sie, die schmale Nase auch, das Blau
meiner Augen. Manchmal ein Leuchten. Trotzalledem.
Der Blick ist geblieben, die Suche. Ich bin nicht mein Spiegelbild.

ABBILD

So hatte ich mich noch nie gesehen.
Ich starrte in den Spiegel
und ließ mich nicht aus den Augen.
Das also war mein zweites Gesicht.
Mein Atem wurde ruhiger.

Langsam wiederholte ich
Zeile für Zeile.

DIE WELT DAS BUCH

Daran arbeiten, dass die Rätsel bleiben,
Tagebuch für Tagebuch. Wahrheiten meiden.
Nur das Finden der Worte zählt.
Ich richte mich an niemand.

Kein Papier volljammern, die Dinge der Welt
auf Distanz halten durchs Schreiben,
schreibend sich selbst immer näher kommen,
sich anfreunden mit der Welt.

Sich selbst als ein Ganzes erfinden,
eine Erzählung, die keinen Anfang
braucht und deren Ende
offen bleibt. Bis zum letzten Atemzug.

Obschon alles ein einziges Innehalten ist,
muss die Schrift im Fluss bleiben.
In hundert Tagebücher sich sammeln, aufsammeln,
Klarheit gewinnen, wohin wir eigentlich leben.

Wort für Wort werden
Ich und die Welt ein Wir.
Tagebuchschreiben
ist Widerspruch gegen den Tod

MIT NÄGELN SCHREIBEN

Mit Nägeln schreiben, mit Nägeln Worte brüllen,
mit Nägeln in Wunden schreiben, Nägel
in Knochen treiben, bis ins Mark hinein schreiben,
den Aufschrei schreiben, das Mark erschüttern
mit den tiefen Nägeln der Wirklichkeit, Arme,

Arme verschränken sich, schützen das Gesicht,
nicht getroffen werden von groben Hammerschlägen
von Zeilen der Wucht, des Blutes, der Wahrheit,
hoffen wollen wir, hoffen, leise streicht der Wind,
über sich wiegendes Gras, Poesie ein Hauch,

ein Hauch über zitternd sich beugenden Halmen

BRUDER, SCHRIEB SIE MIR

Bruder, schrieb sie mir,
obwohl ich ihr Bruder nicht bin,
ich weiß, *mein Bruder*, Du
warst immer ein Träumer,
wolltest Genosse sein
wie ich gerne eine Genossin.
Irgendwann war diese Rolle ausgespielt,
wir hatten unsere Gewissheiten verloren,
nicht aber unsere Träume,
die nicht, Bruder, nimmer.
Fortan sollte unser Platz im Leben
sein, keinen Platz zu haben,
der einzige Platz aber,
keinen Platz zu haben,
war unser Platz am Schreibtisch.
Wo wir uns täglich
verwandeln können, Bruder,
uns nicht festlegen müssen,
tausend Leben leben können,
in denen das unsere verschwindet
– und überall wieder auftaucht.
In jedem Wort, *mein Bruder*, jeder Silbe.

Ulla Hahn und ihrem Roman
Wir werden erwartet gewidmet

DAS BLAU EIN ORANGE

Weit in der Ferne
halftert der Tuareg sein Kamel,
bald berührt
der Wind den Sand.
Auch uns wird der Tod einmal finden.
Erklärt nicht das Leben
zu eurem größten Feind.
Sagt, was ihr liebt,
denn es lebt ein Fremder in euch.
Ihr müsst nun nicht mehr
wissen, wer ihr seid.
Aber wo.

Weit in der Ferne
küsst das Blau ein Orange.

DAS ANDERE LEBEN

Vor dem Spiegel
bellt der Hund
wieder und wieder
Der Mensch belächelt ihn

und übersieht
die besten Tage seines Lebens
weil er denkt
nur weil er denkt

es kämen noch bessere

RINGE UM RINGE

Nach den Wintern
die blühenden Bäume
Jahr um Jahr
Ringe um Ringe

Welche Träume
erfüllten sich?
Welche haben
wir uns bewahrt?

Nach den Wintern
die blühenden Bäume
Jahr um Jahr
Ringe um Ringe

3

Er könnte dein Bruder sein

MIT CHAGALL GING ER MANCHMAL AUFS GLATTEIS

Mit dem jungen Chagall ging er manchmal schlindern,
aufs Glatteis, und fielen sie hin,
hielten sie sich die Bäuche vor Lachen.
Am Rand stand Kleist und feixte. John Updike und er
kifften manchmal schon vor dem Frühstück,
mit Schleef trank er mitunter mehr als ein paar Whisky zu viel.
Auch Moses soll eine schwere Zunge gehabt haben.
Später sah er Isaac Newton hingebungsvoll und selbstvergessen
in der Nase bohren. Was ihn nicht weiter wunderte.
Mehr schon zu sehen, wie Alan Turing, der sich selbstverständlich
ganz prächtig mit Niccolo Fontana Tartaglia verstand,
gleich drei oder vier Tortenstücke hintereinander verschlang.
Freunde hatte er immer viele. Nother Balbulus schrieb er Briefe,
um sich Askese und Widerstand erklären zu lassen, vor allem
die vermaledeite Versuchung. Glaubte er wirklich nicht an Sex?
Und an was hatte überhaupt die Monroe geglaubt? Aus Kafka
war sowieso meistens kein Wort herauszukriegen
Die Gespräche mit Kracauer, Wittgenstein und Delius
dauerten oft sehr lange, noch spät am Abend
pflegten sie stotternd an ihren Wörtern herumzukauen.
Das konnten sie alle gut. Ein jedes hat seine Zeit, grinsten sie.
Wild wurde es, wenn noch Simmel, David Mitchell,
Aristoteles und Maxie Wander zu ihnen stießen.
Geradezu süchtig waren sie alle nach der Dämmerung,
jenem Zwielicht, das erst die Wahrheit enthüllt.
Auf den ewigen Diskurs von Fragen & Zweifeln!
Ja, fürwahr, alles hat seine Zeit. Er schätzte Sätze,
die schon 2500 Jahre alt waren. Und er liebte.
Er liebte sie alle, seine Freunde. Je näher er ihnen kam.

AUF DEM TEPPICH

Bleib auf dem Teppich!
Sie blieb. Ihr Leben lang.

Sie lief, schon grauhaarig, barfuß
über taufeuchte Wiesen, durch Hotelhallen,
(sofern sie sich einmal eines leisten konnte),
flanierte über Straßen. An Bettlern nie vorbei.
Sie pfiff sich ein Liedchen am Flussufer,
malte sich die Fußnägel an, natürlich
in zehn verschiedenen Farben,
zeichnete und dichtete in ihre Tagebücher
(die niemand sehen durfte, der nicht auch eines schrieb)
und flocht in jede ihrer Falten
eine neue alte Seele. Mit Bedacht.
Sie blieb auf dem Teppich, ihr langes Leben lang.

Auf dem magischen fliegenden Teppich.

Für Christel Uçar

DA STEHT DIESER NICHTABGETRIEBENE

Da steht dieser Nichtabgetriebene an der Bushaltestelle.
Dein Blick schweift umher. Erstaunlicherweise
ist er tatsächlich alleine. Klein, untersetzt,
vorgeschobene Unterlippe, breiter Nacken,
mit seiner ewig zu großen Zunge beschäftigt.
Ihr starrt beide auf den grauen Asphalt. Du
warst damals 22, fühltest dich völlig überfordert.
Nicht nur schwanger, auch noch eine solche Diagnose.
Sein Alter ist schwer zu schätzen, du
kennst dich da nicht so aus. Jetzt lacht er,
zeigt mit seinen kurzen Fingern auf den Bus, der kommt,
über und über mit glänzend grünen Erbsen bedeckt.
Le-lecker, sagt er, stupst dich an und
lacht sich kaputt. Er könnte dein Bruder sein.

ABED HOCKT AUF DEM DORFPLATZ

Abed hockt auf dem Dorfplatz
und zeichnet mit einem dürren Zweig
einen Strich in den Sand,
den ewigen Staub.
Das Mädchen, das er liebt,
verfolgt seine Bewegung mit dunklen Augen.
Abed wischt den Strich wieder fort.
Ein Umriss, eine Form löst sich auf.
In Deutschland, habe er gehört,
gingen selbst die Hunde zum Arzt
und hätten einen Ausweis

Heißt Abed vielleicht Themba? Oder Makoye, Jabba, Okwundu, Akono, Fayola, Osarobo? Shujaa, Dikembe oder Babatunde Boubaca? Nein, Abed ist Abed.

HERZBLUT

Dafür, ja dafür brennt unser Herz!
Hörst du auf dein Herz? Ach du,
mein Herzeleid. Im Herzen eines Menschen
ruhen Anfang und Ende aller Dinge.
Rudy Herz, ein Jude,
trug siebzig Jahre
nur langärmelige Hemden,
seine Auschwitznummer zu verbergen,
auf den Straßen, in Deutschland, in Köln.
Nimm dir doch nicht immer alles
so zu Herzen. Geh aus mein Herz
und suche Freud. Immer war er
mit ganzem Herzen dabei. Bis sein Herz
nicht mehr ganz war. Rudy Herz,
ein Jude aus Köln.
Wofür brennt
unser Herz? Es schlägt uns,
schlägt uns bis zum Halse.
Komm, wir herzen uns.

EIN TAG BRICHT AUS

Ein Tag bricht an
Zugvögel ziehen
Der Wachmann auf dem Turm fröstelt
Alles wie immer
In Zelle 47
hat sich die Insassin erhängt
In ihren Taschen
noch ein paar Kippen
Ein Tag bricht aus

ZERFLALENE WRETÖR

Machnaml gräet mir biem Sperchen
alels darcheinuendr,
Burchüstcke beiblen, Ruenin,
Tremmür. Vernorele Stiene.

Dcoh Ihr verthest miene Sparche,
wnen sie stcokt, stolrept,
zerflält. Wnen acuh der Fulss
verolern ghet, Ihr verthest.

Shet mcih an, wnen ich
mit Ecuh spechre, shet mcih nur,
Ihr knönt miene Werto erknenen,
mcih erknenen, totrzadellem.

Machnaml gräet mir biem Sperchen
alels darcheinuendr, und dcoh,
Ihr knönt mcih herön, verhesten,
begrifeen mien Wellon und Sennin.

So wie Ihr zu lseen vergmöt in deisen Zleien.

AUCH IHR

Auch Euch verschlägt es manchmal die Sprache,
hilflos stammelt Ihr herum, die Stimme bricht,
vor Schreck stockt der Atem. Kennt Ihr das nicht?
Wieder einmal sollt Ihr mundtot gemacht werden.
Euch bleibt die Luft weg. Euer Gesicht wird weiß,
mühsam presst Ihr ein paar Worte aus Euch heraus.
Auch Ihr wisst , wie sich das anfühlt,
dieses Flattern in Eurer Stimme,
Ihr seid verunsichert, findet keine Worte mehr,
könnt bald nur noch stockend weiterreden,
müsst immer wieder tief Luft holen, lauft rot an.
Habt Ihr nie eine Kröte zu schlucken?
All diese Gespräche sitzen Euch quer im Hals,
Ihr seid müde. Das Leben ist anstrengend.
Seid ehrlich, auch Ihr wisst manchmal
einfach nicht mehr weiter. Auch Ihr
kennt es, das Stottern der Seele, auch Ihr

IRGENDEINEM PASSANTEN

Er geht hinaus auf die Straßen,
um von seinem eigenen Leben einmal abzusehen,
aufmerksam blickt er in die Gesichter der Entgegenkommenden,
versucht, sich ihr Leben vorzustellen,
diese kleinen großen Leben, die sie mit sich herumtragen
als wäre es alles, als wäre es nichts,
manchen lastet der Rücken, beugt sie bei jedem Schritt,
fest treten sie auf, trotzen, sind bemüht, Haltung zu wahren,
andere tänzeln fast, als hätten sie sich eben mal
einen kleinen Beutel locker über die Schulter geworfen,
wenn ihnen danach ist, spielen sie vor sich in der Luft
fangen, spielen fangen mit ihrem Leben.
Hin und wieder Menschen, die haben alles, wirklich alles,
die Würde des Menschen sei unantastbar,
in einem Koffer gestopft, wild, wahllos, zum Bersten voll,
um ihn hastig und unbemerkt auf der nächsten Parkbank zu deponieren.
In diesen unruhigen Zeiten wird er, hoffen sie,
irgendeinem Passanten schon verdächtig vorkommen.
Die Polizei wird alarmiert.

Sprengstoffexperten rücken an.

MANHATTAN IM GEGENLICHT

Goethe schäumt. Niemand sei mehr Sklave,
schreit der alte Mann, Zornesfalten,
brandrot, quer über Stirn und Schläfen,
lassen um sein Herz fürchten, niemand,
donnert er, niemand sei mehr als der Sklave,
der sich für frei halte, ohne es zu sein.
Goethes Lippen sabbern, er schämt sich,
die Achtzig hat er überschritten und jetzt
das Lächeln, das Grinsen einer jungen Frau
mitten in sein geschundenes Gesicht.
Vor einem Schaufenster
zieht sie ihre Lippen nach
und fährt sich mit den Fingern
ordnend durch die wirren Haare.
Eine muskulöse schwarze Hand
legt sich auf Goethes Schulter
und führt ihn ab, zurück in die Zelle seiner Zeit.
Die Frau macht noch schnell ein Foto
mit ihrem Smartphone. Goethe von hinten.
Dann klaubt sie ihr Pappschild vom Asphalt
und reckt es schweigend in die Höhe.
Where is God in the Trump Tower? Schlecht
ist es zu sehen im schwindenden Licht.

4

Ich bin die Liebe in unseren Augen

SOMMERENDEN

Nimm mich mit herab zum Fluss,
aufs Kiesbett, weißgrau und rund
wie Dein Haar, Deine Brüste,
hart und sanft wie der Druck Deiner Hüften.

Dort, in einem einzigen Strudel, fängt sich
die Sonne. Das kühle Wasser benetzt unsere Stirn.
Ein Schwarm kleiner Fische gleitet vorüber,
so aufgeregt. Wo ist ihr Jäger?

DER RAUM

Da ist genug Raum
zwischen den Zeilen
den Stühlen
segelnden Wolken
zwischen Tag und Nacht
Kaimauer und Schiff
zwei Atemzügen
Schatten und Licht
zwischen Dir und mir
überall dort ist genug
Raum für Dich für mich für
all die Geheimnisse
die wir nicht kannten

HOCHZEIT

Sie saß vor einem Spiegel,
einem großen, die Wand überspannenden Spiegel.
Wir aßen, aßen köstlich, Gang für Gang.
Wir teilten uns jede Speise.

Ich sah sie und sah
zugleich mich,
immerzu im Spiegel
uns beide zugleich.

Doch meine Augen verloren sich
in den ihren, verloren sich
in ihrem Dekolleté, auf ihrer klugen Stirn,
ich nahm ihre schönen Hände zwischen die meinen,
nur manchmal noch
fiel mein Blick auf mich selbst,
sie sah ich, sie, und dachte,
das ist wohl die Liebe.

AM ELBUFERSTRAND

In hohen Pappeln rauscht der Sommerwind,
der alte Kahn zieht über den Fluss,
Rohrsänger zirpen tief im Schilf,
Seerosen wiegen sich auf kleinsten Wellen,
schwer ist mein Ruderschlag.
Es ruht die Zeit und doch,
wir sind ja nicht mehr jung

Es ist still, so still, das Rauschen nur
der Stare in der Luft, das Klatschen
springender Fische, wir lieben uns,
unter der alten Weide, im Sand,
am Elbuferstrand, wer
zählt schon, in dieser Stille,
wieviel Jahre uns bleiben

EINE STOLZE FRAU

Spätsommerschön bist du
und lässt den Tod
nichts infrage stellen.
Du gehst mit der Zeit,
immer entlang der Ufer,
einverstanden mit Allem.

Inmitten des Sees
ein schwarzer Schwan,
den wiegenden Wellen
in Anmut hingegeben.
So glänzend sein Gefieder
im frühen Mondenlicht.

UNSERE TAGE

Erzähle mir etwas über dich.
Oder erzähle mir nichts,
was ich wissen muss,
weiß ich schon,
und was ich nicht weiß,
brauche ich nicht zu wissen.
Ich sah dich,
ich sehe dich, morgen
werde ich dich gesehen haben.

Erneuern mögen sich
unsere Tage,
damit sie werden wie früher.

ICH BIN

Ich bringe mich zur Sprache,
zu Dir, ich werde das Wort und das Wort
bin ich, Dich möchte ich kennen,
mein Spiegelbild, doch möchte ich
nicht immer nur, nur ich selber sein,
ich bin einfach dies, was morgen gestern war,
bin mitunter, köstliches Sein, ein wenig ver-rückt,
bin eine Spur nur aus Worten, aus Zeichen,
ich bin Du, Dein Du, denn nur
durch Dich bin ich ich, ich bin
die Liebe in unseren Augen

DIE ROSE NIMM

In der Nacht liegen wir stumm
schweigen nur
die Bilder zählen
erzählen im Traum
von der Rose nimm
die nimmer welkt

WAS BLEIBT?

Ein Freund
ist tot. Was bleibt,
wenn der Körper geht?
Die Seele? Von der wir so wenig wissen?

Ja, ich glaube:
SIE bleibt, SIE ist frei,
endlich unbedingt und frei
zur großen Liebe für uns Zurückgelassene.

Freund, Du musst nun nicht mehr messen, abwägen,
rastlos fragen, ob Deine Liebe denn genug sei.
Werde ich auch gleichermaßen zurückgeliebt?
Ist meine Liebe zu viel oder zu wenig?
Was muss ich aufbringen für die Liebe?
Wie kann meine Liebe glaubwürdig sein?
Wird meine Liebe angenommen? Erwidert?
Ist sie verschenkt? Bekomme ich genug zurück
für meine Liebe? Darf ich mich überhaupt selbst lieben?
Gibt es ein Maß für die Liebe?
Liebe ich wirklich oder bilde ich mir nur ein zu lieben?
Liebe ich aus Egoismus? Ist Liebe naiv?
Sollte ich sparsamer umgehen mit meiner Liebe?
Wenn ich mehr liebe, werde dann auch ich mehr geliebt?
Liebe ich falsch oder liebe ich richtig?
Bin ich denn gut genug für die Liebe?
Bin ich überhaupt liebenswert? Reiche ich aus?
Muss meine Liebe sich entscheiden?
Muss es das geben, ein EntwederOder in der Liebe?
Ist das Leben gerecht? Ist meine Liebe gerecht?

Alles Rechnen, alles Messen
hört nun auf, Freund. Der Körper geht. Die Seele ist frei.
Sie allein darf endlich einfach lieben, hemmungslos lieben,
uns alle, Wärme schenken ganz ohne Maß, Licht schenken ohne Mass,
darf hemmungslos lieben uns Nachgelassene, die Poesie, die Kunst,
Gott und sogar sich selbst. Darf in der Liebe Teil Gottes selber werden.

Der Tod erst macht frei für die Liebe.
Ruhe in Frieden, endlich in Frieden, Freund.

Gelesen im Januar 2014 auf der Trauerfeier
für Wolfgang Busch (*1948)

5

Kein Warten mehr
Die Erde reißt auf

RAPPERTSWEILER

Ein kleines Dorf, verstreute Häuser,
Hopfenfelder, Apfelbäume,
Birnen, Zwetschgen, Mirabellen,
rote Kirschen. Wiesen, ein paar Kühe,
kein Gasthaus, kein Laden,
nicht einmal eine kleine Kirche.
An guten Tagen eine weite Sicht
über den schimmernden Bodensee hinweg
auf die Schweiz, den Schnee des Säntis

Weiße Wolken segeln über blaue Himmel

Mitten im Dorf eine Bushaltestelle,
das Wartehäuschen,
daneben ein großer Findling
mit einer kleinen Messingtafel.
Zur Erinnerung
an den Rappertsweiler Haufen
im Bauernkrieg 1525.
Wir begehren nichts anderes
als die göttliche Gerechtigkeit

Weiße Wolken segeln über blaue Himmel

FLANAGAN. IRISCHE GEDANKEN

Der Wind kommt vom Westen.
Der Himmel hängt düster und tief
über dem Land, den Felsen, den Schafen.
Ein jäher Lichtstrahl zwischen aufreißenden Wolken,
smaragdgrün leuchten die weiten Hänge der Berge.
Der Wind kommt immer vom Westen,
beinahe immer. Im Osten, in London,
damals, als Flanagan noch jung war,
die Schilder n den Pensionen
Keine Schwarzen Keine Hunde Keine Iren
Flanagan liebt sein Land, den Himmel,
der düster und tief hängt
über den Hängen der Berge,
die aufreißenden Wolken,
das smaragdgrüne, samtgrüne, sattgrüne Gras,
die jähe Sonne und auch den Regen,
den Regen auch. Der Wind,
der Wind kommt immer vom Westen.

W. B. Yeats: The wind comes from the west

ICH BIN DIE TÜR *

Eine alte Synagoge in Budapest,
sehr groß, sehr hoch, sehr leer.
Lautlos ihre Schreie.

Risse spalten die Wände,
achtlos bröckelt das prächtige Mosaik.
Auf dem Boden verstreut bunte Steine.

Im Zentrum der Synagoge das Nichts

Zwei meterhohe Türblätter
lehnen dunkel an der Wand.
Eines steht auf dem Kopf.

Wenige Besucher besichtigen den Zerfall.
Ein junger Mann, Turnschuhe, Kippa, schießt.
Es ist sehr still. Er schießt, niemand redet,

nur ein paar Fotos.

* Johannes-Evangelium 10.9

NEW YORK HUMILITY

New York, ständig forderst du uns heraus.
Du bist zu groß, zu laut, zu voll.
Wehe dem, der unter all deinen Gesichtern
das seine verliert. New York,
du bist zu schnell, zu mächtig.
Immer forderst du unsere Demut.

Meilen entfernt ist Down Town dennoch
gut zu sehen. Weit in den Himmel
ragt der neue One-World-Tower.
Am Rande China Towns ein kleiner Markt,
direkt unter der alten Hochbahn.
Alle drei Minuten kreischt der Stahl.

Voller Andacht ordnet ein Hindu
seine Lauchzwiebeln, keine zehn Bunde,
auf einer schmalem Pappe. Das ist alles,
was er dieser Stadt zu bieten hat. Schweigend
hockt neben ihm auf dem Asphalt seine Frau,
buntverhüllt, auf ihrer Stirn das rote Mal.

Wie wird das Geschäft heute laufen?
Wieder kreischt der Stahl. Der Himmel
ist leer, sehr klar, sehr frei.
Keine Flugzeuge, die sich nähern,
die heranfliegen in rasender Geschwindigkeit.
Demut, New York, kommt von alleine.

DAS IRISCHE HAUS

Über Moos führt der Weg zum Haus,
über Marmorgestein, in Sonne
ist es getaucht, von Wolken verdunkelt,
Wind frischt auf, fegt alle Wolken,
es funkelt das Haus, leuchtet im Licht,
zurück kehrt das Dunkle, dann wieder der Glanz,
im Wechsel das Finstre, das Strahlen,
ewig der alte, der irische Tanz

Zur Ruhe kommen die Himmel,
eine Brise nur, seidig und mild,
umspielt alte Mauern.
Durchsichtig wird das Haus,
empfängt uns, bewahrt uns,
schweigt in unserer eigenen Stille.
Der Weg zum Haus, zum irischen Haus,
führt über Moos und Marmorgestein

RISSIGE ERDE

Man wartet. Die Sonne brennt trocken.
Staub. Fliegen. Ausgehungerte Katzen.
Feigenbäume. Steine und Sand.
Flatternde Plastikfetzen,
die an Kakteen hängen.
Herumsitzende Alte. Streunende Hunde.
Knatternde Mopeds. Pomeranzenbäume.
Ein Kind schläft auf dem Rücken seiner Mutter.
Ohne Schatten der angepflockte Esel.
Die Sonne brennt trocken.
Kein Warten mehr. Die Erde reißt auf.

M A N H A T T A N NYC

Wir müssen uns beeilen Kom**M** d
as schaffen wir schon Schnell Tem
po Auf die Plätze los Rennen Lau
fen In Bewegung bleiben Niemand
stelle sich dir in den Weg Entde
cke deine Power Drängel H**A**ste
Sturmschritt Es gibt keine Gren
zen wen**N** DU sie nicht akzep
tierst Bloß nicht ste**H**en bleiben
Immer weiter geht's immer weiter
Im Flow bleiben Wer r**A**stet der ros
tet Glo**T**z nicht in der Gegend
rum dafür ist keine Zei**T** Zeit ist
Geld ist Zeit Jetzt kommt es allei
n nur auf dich an Nun mach sch
on Think big Nur nicht dei
ne Energie verlieren Das ist der
Takt der Großstadt R**A**se los
Wer stehen bleibt der hat schon
verlore**N** Keiner Anforderung
ausweichen Sei stolz auf das was
du geleistet hast Die To-do-Lis
ten konsequent abarbeiten Be
eil dich Rumjammern gilt nicht
Du willst doch kein Looser sein
Leben! Ist! Kampf! De**N**ke posi
tiv Grogg**Y** wärest du Ach was
glaub daran du s**C**haffst es W
enn du es wirklich willst Allesal
lesallesallesallesschaffst du Alles!

ES RUFT DER MUEZZIN

Es ruft der Muezzin, ruft
über Steinfelder, Kakteen, Oliven,
Schafherden, Zedern, Dattelpalmen, Granatapfelhaine,
über die äsenden weißen Ziegen auf den Arganbäumen,
den Schnee auf den fernen Gipfeln des Atlas.
In den Ebenen Sand, trockene Erden, Lehm,
Steine, Felsen, Staub, vielfach schillerndes Braun,
Umbra, Ocker, Rot, Gelb, stumpfgraues Grün.
Erdbraun getarnt die sich duckenden Quader der Häuser,
am Rand der verschlungenen Wege Berber,
Männer mit rauen Gesichtern, rissigen Händen,
Frauen in bunten Gewändern, heimlich und schön.
Verhüllt ihre Häupter, schwarz ihre Augen,
auf ihren Lippen ein fremder Gesang.

Rieselnder Sand, bröckelnder Lehm,
ein sehr alter Wind weht,
klein und würzig sind die Körner der Zeit,
hart der Stolz, die Angst und die Ewígkeit.
Es ruft der Muezzin.
Zur Erde hinunter beuge dich.
Auch den morgigen Tag, inschallah,
wirst du erleben. In deiner Würde.

Inschallah.

793

6

Wer zwingt uns denn, immer nur wir selber zu sein

VON MEINER WARTE

Wir warten auf das entscheidende Wort, dass
das Ei kocht, auf den Frühling, den ersten Schnee
und den Tod. Dass der Bus kommt.
Dass wir endlich anfangen, anfangen zu leben!
Endlich – dieses Wort scheint Ausrufezeichen
zu erfordern. In der Literatur sind
sie verpönt. Wir aber warten in Wartezimmern,
vor dem Telefon, oder, auch das kam vor,
dass uns jemand die Kleider vom Leib reiße.
Wir warten vor Entbindungs- und Prüfungszimmern,
vor Gerichtssälen. Dass uns jetzt nicht schon wieder
die Luft aus dem Reifen entweicht. Und manchmal
– heimlich natürlich, die Postmoderne –
sogar auf einen Messias. Wir warten, dass
der Salat wächst. Wir warten auf die Verkündung
eines Urteils. Wir warten auf den Regen
oder wahlweise die Sonne. Das Glück,
es kommt immer unverhofft, aber auch das Unglück.
Immer unverhofft. Plötzlich und unerwartet ...
Aber wir warten. Dass jemand die Fenster
oder den Kühlschrank putzt. Auf den Postboten.
Dass die Ampel auf Grün springt. Auf
die große Liebe, die Wende, die Scheidung.
Auf ein Gespräch. Dass die Kerze herunterbrennt,
die Sonne aufgeht, auf die Fähre, den Zug nach ...
Dass sich endlich die Tür öffnet.
Dass einer kommt oder geht.
Oder bleibt. Am Ende aller Zeiten. An ihrem Beginn.

IM BAD

Rinnende Schlieren vor Scheiben und Spiegeln
Keine Blicke mehr möglich
Wände verschwimmen im feinperligen Dunst
Schützende Nebel wabernd und warm

Die Dinge verlieren ihre Deutlichkeit
Alles um mich verklärt
Nichts gibt es mehr,
das jetzt geschehen sollte

Von Dämpfen umhüllt
heiß und feucht
eins mit allem
löse ich mich auf

Für eine Weile
bin ich verschwunden

SPHINX DER VORGÄRTEN

Vor der Jagd leckst Du Dir noch einmal
das samtene Fell, Du, Sphinx der Vorgärten
und der Plätze hinter den Mülltonnen.
Streunend nur findest Du Dein Ziel.

Die Nacht ist Dir gleich wie der Tag.
Grün deine Augen, Funken versprühend,
ein wenig schräg. Lauernd, nie schmeichelnd.

Du schnurrst, doch gehorchst nur Dir selbst.
Weich ist Dein Gang auf federnden Krallen,
Jägerin, Amazone, Schönheit im Sprung.

Zusammengerollt in der Mittagssonne
wirst Du nicht träumen wie wir.
Aber unwillig schreckst Du auf,
wenn Dich die Hand eines Kindes berührt.

KANDINSKY UND DAS WEISS

Das Weiß ist ein Schweigen, das
alle Möglichkeiten in sich birgt,
ist die Pause zwischen zwei Tönen,
ist die Sehnsucht nach dem Tag, da
die Dinge zu sprechen beginnen,
ihr Nichtsein aufgeben, dem Tag,
da alles einen Sinn bekommt und
ein Wissen aufleuchtet, warum das Eine
geschieht und das Andere nicht. Gott
kommt wie ein Dieb in der Nacht,
unerkannt in seinen Gewändern,
eine lyrische Metapher, eine Größe,
die keiner begreift, jeder versteht, Gott
ist das Kleinste, ein Fisch, den du siehst
unter der Wasseroberfläche, ein Huschen,
du musst ihn nicht greifen, da du ihn siehst.
Er war da, er ist da. Das Weiß
ist alles, ein Nichtklang, ein Schweigen.

TISCH UND BILD

Der Tisch ist ein Tisch
und das Bild ist ein Bild.
Der Tisch auf dem Bild ist kein Tisch.
Hänge ich das Bild ab
und lege es auf den Tisch,
dann ist das Bild auf dem Tisch
ein Bild und der Tisch ein Tisch,
auf dem das Bild liegt.
Was aber sehen wir
auf dem Bild,
das auf dem Tisch liegt?

DAS GUTE PORTRÄT

Der Fotografierte
muss in der Lage sein
sich zu zeigen

wie der Fotografierende
in der Lage sein muss
den Anderen zu sehen

und der Rest
der Beziehung
ist auch nicht bloß Technik

GLÜCK-WÜNSCHE
EINE COLLAGE ODER DER DISPUT MIT DEM GLÜCK

Das Glück fragt und nagt. GLÜCK ist einfach zu groß.
Doch das Glück sollte nicht verleugnet werden.
Das Glück macht unzufrieden. Keinen lässt es in Ruhe.
Das Glück ist hartnäckig. Es verzagt nicht. Gelassenheit
sei Glück? Das Glück treibt an, setzt uns in Bewegung.
Das Glück lässt aufhorchen, erblickt uns, schaut uns
mitten ins Gesicht. Das Glück spiegelt sich im Unglück.
Das Glück macht schlaflos. Blind ist das Glück. Es gackert
wie eine eierlegende Henne und findet auch mal ein Korn.
Das Glück ist das Kainsmal des Unglücklichen. Das Glück
liegt im Blick des Auges selbst. Taubenblau
ist das Glück, ist sich selbst nicht genug.

Wer erzählt das Ich? Wen erzählt das Ich?
Morgen bin ich älter als heute. Und dennoch zurückgegangen.
Die Ordnung einer Erzählung entpuppt sich als Illusion,
Haupt- und Nebenhandlung, Konflikt, Höhepunkt, Auflösung,
Anfang und Ende sind unsere Krücken. Wir laufen frei,
ob wir es wollen oder nicht. Das Ich, gefangen
im Schädel, ist eine Fiktion. Oder eine Erinnerung.
Wo immer ich gehe, folgt mir ein Hund namens Ego.
Es gibt kein zweites Ich auf der Welt. Doch wer sich
in sein Ich einschließt, erstickt gar bald.
Höhepunkt des Glückes ist es, wenn der Mensch
bereit ist, das zu sein, was er ist. Allein der
ist glücklich und groß, der weder zu herrschen
noch zu gehorchen braucht, um etwas zu sein.
Das schrecklichste Gefängnis ist ein fensterloses Ego.
Kein wirklich großer Mensch hat sich je selbst

dafür gehalten. Wünsche nicht, etwas anderes zu sein,
als du bist. Aber versuche das vollkommen zu sein.
Der Mensch kann nicht ein Leben lang
auf seiner eigenen Höhe sein. Kein Sterblicher
fühlt an des Glückes Genuss sich gesättigt.
Einigkeit und Recht und Freiheit sind des Glückes Unterpfand.
Das Geheimnis des Glückes ist die Freiheit,
deren Geheimnis aber ist der Mut.
Das Glück gehört denen, die sich selbst genügen.
Höchstes Glück ist, kein Glück kennen. Das Glück ist blind,
denn es hängt von der Beschaffenheit deiner Gedanken ab.
Glücklich bin ich, wenn einer glücklich ist, den ich liebe.

Glück kann man nur besitzen, solange man es nicht sieht.
Die schlimmste Art, ein Glück zu versäumen,
ist es nicht glauben, da man es erlebt.
Man sollte nicht beneidet werden um Glück,
sondern um die Fähigkeit glücklich sein zu können.
Am Unheil der Welt zu leiden und zu gleicher Zeit
glücklich zu sein – eine jener absurden Gleichungen,
deren wir uns stets befleißigen. Glück
ist der Zustand, den man nicht spürt, sagt der Weise.

Mit Dank von Aischylos bis Voltaire
Eine Langfassung dieses Gedichtes
hat den etwa doppelten Umfang

GELEHRTER VOR JAPANISCHER LANDSCHAFT

Der Gelehrte angelt

Ein Weidenzweig
treibt träge vorüber

Der Gelehrte streicht sich behutsam
über das schüttere Haar
Er erinnert sich seiner ersten Liebe

Ein Schwan zieht seine Kreise
drüben am anderen Ufer
Die Sonne sinkt sanft

Die Landschaft ein Ornament
leuchtender Goldflecken
Der Schnabel des Schwans reckt sich

Ein Weidenzweig
treibt träge vorüber

Der Gelehrte holt seine Angel ein

Nach einem Bild (Tusche auf Papier) von Soga Shòhakus
Landschaft mit angelndem Gelehrten in einem Boot

NEU ERZÄHLT

Mag sein, ich bin nicht der Richtige, meinen Ruf
zu verteidigen, ich wäre jemand, der immer und
immer noch auf der Suche sei. Es heißt aber,
es gebe keinen Weg, Schritte nur. Doch wie
komme ich zum Fluss, zu dir? Warum denn

fliegen Vögel im Schwarm?

Der Rabbi krault seinen Bart, der Priester
legt sich noch einmal die bunte Stola zurecht, der Imam
räuspert sich einige Male, bevor er zu sprechen beginnt,
mit Sorgfalt ordnet die Pfarrerin ihre Lesezeichen.
Sie alle blicken in wartende Gesichter. Wer

zwingt uns denn, immer nur wir selber zu sein?

Die Sünder seien schön, weil sie geliebt werden,
nicht darum würden sie geliebt, weil sie schön seien.
Gibt es einen, der über alle Zeiten weiß, wer ich bin,
und mir neu erzählt, was ich vergaß von mir? Dies,
schreibt die Dichterin, sei die zärtlichste Nacht, wo

wir lieben, was unsere Liebe nicht zu retten vermag.

HERDE IM GEHEGE

Ein Lama kaut an der Zeit
mit malmendem Kiefer.
Eine bedächtige Ruhe, fast
wirkt sie bedrohlich. Wo
bewahren wir all unsere Tage auf?
Wo sind die Magazine der Zeit?
Ungenutzt für die Liebe
zu den Dingen, den Menschen,
den Tieren. Das Lama spuckt
über den Zaun. Wir Gaffer
weichen gerade noch aus.
Welch ungerührte Augen. Da
stehen sie, die Lamas,
fressen, was ihnen gegeben.

Lass uns gehen, wohin?

AM KAI

Am Kai steigt eine Frau
aus dem Taxi, hinter ihr
fällt eine Tür zu
und eine ganze Geschichte.
Der Fotograf drückt auf den Auslöser.
Schwarzweiß. Beinahe unmerklich
hebt sie ihre schöne Braue.
Jeder Fluss hat zwei Ufer,
sie wird den Weg finden
vom Oder zum Und.

dem Fotografen Garry Winogrand gewidmet

7

Sind wir Ebbe, sind wir Flut, der Wind oder die Fahne?

IMMERHIN UNSTERBLICH

Früher war natürlich nicht alles besser,
aber immerhin waren wir unsterblich.
An was glauben wir? An Alarmanlagen,
Versicherungen, Verträge für alle Eventualitäten?
Gehen wollten wir, nur gehen. Und nirgendwohin.
Das Wünschen half und manchmal
rissen wir uns tatsächlich die Kleider vom Leib.
Wir waren besser im Glücklichsein, aber
natürlich auch besser im Unglücklichsein.
Immer noch wissen wir nicht,
ob die Dinge des Lebens zusammenhängen
oder nur der Zufall ihnen eine Bedeutung gibt.
Heute ist, was gestern morgen war.
Der Weg ist offen, nichts hindert uns.
Ein erster Schritt muss freilich immer getan sein.
Ratsam ist es, auf Wegweisungen zu achten.
Klar, man kann vorübergehend auf der Strecke bleiben.
An manchem führt einfach kein Weg vorbei.
Nicht immer steht am Ende ein brennender Dornbusch.
Das Ziel aber, es weitet uns. Wenn wir nur gehen.

DIE SICH KREUZEN

Kommt, lasst uns ein Wort
von Gewicht suchen.
Sind wir Fels in der Brandung,
ein Sandkorn im Wellenschlag?
Sind wir Ebbe, sind wir Flut,
der Wind oder die Fahne?
Ein Wort von Gewicht suchen wir,
ein oder zwei, unter den Schnipseln,
dem Geröll, den allzu roten Kirschen.
Sie sind noch nicht reif.
Lasst uns Zeichen suchen,
ihnen zu folgen. Nur aus uns
werden wir die Wege
nicht finden. Es müssen ja
Wege sein, die sich kreuzen.

UNTER DER DONAR-EICHE

Unter einem alten, einem sehr alten Baum
standen wir, ein Einzelgänger
wie alle Starken. So einen wird Bonifatius
gefällt haben. Damals. Deine Finger
pressen sich in die Furchen der Rinde.
Die Donar-Eiche sei nichts als Heidenspuk,
wer ist schon Thor ohne Hammer?
Was aber haben wir dafür bekommen?
Kannst du mir sagen, warum wir
so hilflos sind? Warum haben wir
in tausend Jahren nicht die Kraft gefunden,
die dieses Zu-Kreuze-Kriechen oder all das,
was wir an seine Stelle setzten, überflüssig macht?
Warum können wir die Hiebe des Schicksals
nicht aus eigener Kraft ertragen?
Warum müssen wir ständig irgendwo
unterschlüpfen? So pilgern wir
unser Leben lang, auch wenn wir
unserem Suchen längst andere Namen geben.
Wofür eigentlich sollen wir danken?

Du siehst zum Himmel,
ein Blau, so leuchtend, dass
unsere Augen fast schmerzen.
Ich lasse mich nicht täuschen!
Wenn er sich verfinstert, müssen wir fort,
müssen diesen Baum fliehen, wenn
alles grollt, wenn keine Sekunden
mehr bleiben zwischen Donner und Blitz.
Der Unterschlupf wird zur tödlichen Gefahr.

Weg hier! Flach auf den Boden mit euch!
So haben es schon die Flüchtlingstrecks
gemacht unter den Bombern, willfährig
wurden sie, unsere Brüder und Schwestern,
unsere seligen Ahnen.
Aber wir? Leben wir nicht
mitten im Frieden? Ach du.
Los, weg hier, pressen wir uns
flach auf den Boden, krallen
uns mit unseren Fingerspitzen
tief in die duftende Erde hinein. Wir atmen.

IHR LÄCHELT

Gibt es irgendetwas,
das ihr vermisst?
Ihr habt gelächelt,
so viel habt ihr gelächelt,
den ganzen Tag, gelächelt
und gelächelt. Gibt es
irgendetwas, das ihr vermisst?

WORAUF WARTEN WIR NOCH?

Grüne Wolken segeln über der Stadt
In den Träumen sind die Gewehre geschultert
Nicht Milch, Feuer sprudelt aus den Brüsten der Mütter
Ein Sturm unser Atem am Abend
Lautlos schließen wir alle Türen
In den Büchern verstummen die letzten Wörter
Körper suchen sich in der Tiefe der Nacht
Gekerbt unsere Gesichter, Augen voll Fragen
Blumen, schön erst in ihrem Verfall
Stille endlich und ein blaues Schweigen
Worauf warten wir noch?

WELLENZITTERN

Ein kleiner Zweig
treibt im Wasser
verfängt sich an Steinen
Wellenzittern
Umher strömt weiter
ruhig das Wasser
Alles ist jetzt

Abhanden kommen die Worte
Es spricht das Schweigen

LIEGESTÜHLE IN DER REIHE

Liegen, warten, dass noch etwas geschieht,
blinzeln, müde der Sonne die Lider senken,
nichts mehr wissen wollen vom Warten,
von Liegestühlen, von Menschen,
die liegen, die sitzen, die warten,
dass noch etwas kommt.

Nicht mehr wollen,
dass irgendetwas geschieht.
Das Licht ist zu grell,
der Horizont zu weit draußen
über dem Meer,
das Wellen schlägt.
Weit draußen.

Nichts mehr wissen wollen
vom Wellenschlagen,

vom Auf und Ab,
von Menschen und Zeit,
einer Ewigkeit, nur
still werden und hören

auf diese flatternden Wäschestücke,
sie flattern farbig,
farbig im Wind

Nach Edward Hoppers Gemälden
Seawatchers und *People in the Sun* (1952 und 1960)

EIN FREIER WILLE

Irren könne man sich
entweder indem man glaube, was nicht wahr ist,
oder indem man sich weigere zu glauben, was wahr ist.
Unbedingt aber müsse man an den freien Willen glauben,
eine andere Wahl habe man nicht.

Ein wirklicher Sucher nach der Wahrheit
könne nur werden, der mindestens einmal in seinem Leben
alles, möglichst alles angezweifelt habe.
Unbedingt aber müsse man an den freien Willen glauben,
eine andere Wahl habe man nicht.

Der wahre Wert eines Menschen messe sich daran,
in welchem Grad und in welchem Sinne
er zur Befreiung vom Ich gelangt sei.
Unbedingt aber müsse man an den freien Willen glauben,
eine andere Wahl habe man nicht.

Nur zwei Arten gäbe es, sein Leben zu leben,
entweder so, als gäbe es keine Wunder,
oder so, als sei alles ein Wunder.
Unbedingt aber müsse man an den freien Willen glauben,
eine andere Wahl habe man nicht.

Vor allem aber müsse man bereit sein,
das aufzugeben, was man sei,
um zu dem zu werden, der man sein könnte.
Unbedingt aber müsse man an den freien Willen glauben,
eine andere Wahl habe man nicht.

Im Gedenken an Søren Kierkegaard, Isaac B.
Singer, René Descartes und Albert Einstein

LYONEL FEININGER IN THÜRINGISCHEN DÖRFERN

Er zerteilt die Welt in geometrische Formen,
doch nichts richtet er gegeneinander,
nichts stellt er auf den Kopf. Kein Kubist.

Eine Perspektive bleibt gewahrt.

Wie hoch ragen seine Kirchen
in die Himmel. Doch nie war er religiös,
gebunden. Spirituell allein in seiner Malerei.

Keiner gleicht ihm.

Ein Erschaffer seiner eigenen Ordnung.
Das Oben und Unten vereint
in prismatischer Farbe und Form.

Allein das Licht bricht die Dinge.

DER MOND UNS NAH

Der Mond kommt uns so nah
in tiefer Dunkelheit
zeigt er Kontur
ist Licht
nicht aus sich selbst
ist Widerschein

Geht auf
geht unter
ist halb
ist ganz
und manchmal
wie geschwunden

Ist Licht ja nur
im Widerschein
und darin uns so nah

8

Eben noch haben wir getanzt

SAUMSELIG

Die Sonne scheint,
Frühling in den Gesichtern der Menschen.
Der Winter ist vorüber.
Saumselig auf der niedrigen Friedhofsmauer sitzen
und das Leben anlächeln,
im Rücken die Gräber, die Blumen,
all die Liebe für die Toten.

Die Sonne scheint, Frühling
in den Gesichtern der Menschen.

DER WIND

Der Tod flüstert, flüstert sehr leise,
ich bin niemand, ich weiß nicht,
wer ich bin, die Toten wissen nicht,
dass sie tot sind noch
wissen sie, dass sie sterben

Die Sonne und der Wind sind fort,
nur der Wind des Nichts,
des modernen Nichts, er,
hört nur, ihr Menschen, ihr Heutigen,
er atmet noch, atmet leise

Ihr, die ihr auf Inseln lebt,
ihr seid selten laut,
Menschen auf Inseln
gebrauchen der Worte nicht viele,
zu groß euer Horizont

Ihr Menschen auf Inseln
glaubt, glaubt ganz fest, drüben,
drüben ist nicht Nichts.
Es ist, flüstert der Tod leise,
es ist nicht. Es ist nicht Nichts

DAS NEUE JERUSALEM

Bochum oder Dortmund sind Städte wie Jerusalem,
Witten, Köln, Marburg oder Berlin, Städte der Hoffnung.
Parkbänke, an denen Menschen vorübereilen, Menschen,
die einkaufen, arbeiten, sich lieben, es eilig haben,
Krankenhäuser besuchen, Karten spielen, lesen, joggen,
schon am Nachmittag fernsehen oder in einem Park sitzen,
um Menschen zu sehen, die in einem Park sitzen.
Menschen, die mit ihren Autos durch die Stadt fahren,
an Ampeln bei Rot anhalten oder auch nicht,
Menschen, die sich langweilen, Kinder groß ziehen,
am Abend essen gehen, im Frühling ihre Fenster putzen,
sich ärgern über ihre Vorgesetzten oder ihre Kollegen,
Menschen, die auf den Straßen flanieren und manchmal
ihrer Toten denken. Die am Hauptbahnhof in Züge steigen,
um zu verreisen oder sich Bücher ausleihen und Filme,
um von der Freiheit träumen, von der Liebe oder vom Tod,
Menschen, die Konzerte besuchen, Kneipen und Bordelle,
ratlos ihre Kontoauszüge studieren, endlich einmal
ihre Steuererklärung machen oder den Hausputz,
sich mit einem Freund treffen, alt werden und sterben,
irgendwann oder viel zu früh. Bei Bedarf
suchen sie Kirchen auf, Moscheen, Tempel, Synagogen.
Keineswegs sei es so, dass die Poesie
ein Ersatz für die Liebe sei, vielmehr sei
die Liebe nur ein Ersatz für die Poesie.
Menschen, die des Nachts träumen, sich wälzen
in ihren Betten und des Morgens fluchen über ihre Wecker.
Menschen, die sich manchmal woanders hin wünschen,
ins Kinodunkel flüchten, mit Männern schlafen
oder mit Frauen oder mit beiden. Menschen, die treu sind

oder fremd gehen, Stoßgebete sprechen oder Fürbitten.
Die mit Gott nicht mehr viel zu tun haben und im Grunde
auch kaum noch Sex. Die meisten können essen,
wenn sie Hunger haben, und trinken, wenn sie dürstet.
Sie halten ihre Häuser sauber, pflanzen Blumen
in ihren Gärten, auf ihren Balkonen, ihren Parks,
richten die Antennen auf guten Empfang,
halten mit ihrem Nachbarn ein Schwätzchen
und sehen zu, dass sie pünktlich ihre Miete bezahlen.
So schlendern sie durch ihre Jahre, durch ihr Leben
in Dortmund, Witten, Köln oder Berlin.
Hin und wieder ist da eine Sehnsucht.
Nach einem Neuen Jerusalem. Einen neuen Himmel
sehen sie, eine neue Erde, und erschrecken.
Darin liegt Hoffnung. Dass einer abwischt
vor den Toren alle Tränen von ihren Augen.

MEHR ALS EINE METAPHER

Natürlich ist das Fenster mehr als eine Metapher.

Es gibt einen Rahmen, manchmal Sprossen,
ein oder zwei Flügel, es ist zu kippen,
zu schließen, zu öffnen, anzulehnen.
Frische Luft kann man hereinlassen,
die Hitze aussperren, die Kälte,
sich schützen vor Zugluft, Lärm, Gestank.
Überhaupt vor allem, was draußen ist.
Doch es gibt Licht, mehr oder weniger Licht,
manchmal ein Oberlicht.
Eisblumen in Wintern vergangener Zeiten,
Staubschlieren, Fliegendreck bis heute.
Blickt man nicht mehr ganz durch,
reinige man sorgfältig die Scheiben.
Immer hat es einen festen Rahmen,
aus Holz, Kunststoff, Metall gefertigt.
Ordnung muss sein. Glas muss sein.
Es splittert. Ein Stein.
Ein Stein aus Beeten, sattem Gartengrün,
von der Straße, dem Hof, dem Nachbargrundstück,
aus der Dunkelheit, blendendem Sonnenlicht.
Wer wirft den ersten, wer den letzten Stein?

Natürlich ist das Fenster mehr als eine Metapher.

Nach Edward Hoppers *Sun in an Empty Room*
(1963) und anderen seiner „Fenster-Bilder“

LANGE ZEIT

Auf den Gräbern saugen
die Steine die Sonne auf.
Die Turmuhr schlägt übers Land.
Im Westen rollt
gegen die Klippen
das Meer.

Wieder bricht eine Welle
und eine einzelne Möwe
spreizt ihre Flügel.

DIALOG DER RELIGIONEN

An jedem Anfang
war das Wort

Lasst alle Worte

Betretet den heiligen Ort
allein, ganz allein
Schweigt unter den hohen Kuppeln
der Synagogen Kirchen Moscheen

Schweigt
in die weite Stille des Raums

GÖTTER ALLEIN

Alleingelassen
sind wir Gott überlassen

Allein & gelassen
sein Ebenbild

AM ENDE EIN SEE

Am Ende der Wege ein See,
die tiefstehende Sonne
taucht ihn in samtenes Licht.

Kein Wind geht,
nicht die kleinste Welle.
Kein Kräuseln, kein Zittern.

Regloser Spiegel,
unendliche Stille.
Es schweigt die Welt

Am Ende der Wege
schweigst mit uns du,
verheißt Ankunft.

9

Selbst wenn einer lange vergeblich
sucht, glaubt er,
glaubt, solange er sucht

WAS MACHEN WIR MORGEN?

Wir kochen uns einen Fisch,
so lange aßen wir keinen mehr.
Morgen machen wir eine kleine Wanderung,
das Wetter soll schön werden.
Im Garten liegen ein paar Arbeiten an,
ich freue mich darauf, die Bohnen zu legen.
Ich sollte den Brief der Versicherung beantworten.
Lass uns den Tag nutzen, uns zusammensetzen
und über unsere Reise im Sommer sprechen.
Was läuft eigentlich im Kino?
Wir könnten Paul und Elionore einladen,
haben sie schon lange nicht mehr gesehen.
Morgen will ich nur im Liegestuhl liegen
und dieses wunderbar verrückte Buch auslesen.
Vielleicht mache ich auch eine kleine Radtour
am Fluss entlang, am frühen Abend.
Heute sage ich dir, dass ich dich liebe.

Denn morgen werde ich tot sein

für Nico Stolwijk (1950-2017)

UNDUNKEL

Manch einer erschrickt, wie oft
ich den Tod in die Wörter webe,
durch meine Tür
soll er nicht treten,
zu oft, ein wenig zu oft
war er zu Gast bei mir, ganz ungefragt.
Ich habe ihn in Gedichte gebannt.
Hier darf er groß sein, mächtig,
von mir aus allgegenwärtig.
Das darf er. Ja.
Irgendwo muss er ja leben.
Ans Licht darf er kommen, ein Kellerloch
soll seine Heimat nicht sein.
Er hat eine Dachkammer,
dort kann ich hinaufsteigen,
ja, hinauf, nicht herab,
wann immer ich ihn brauche,
den Tod, brauche zum Leben

WIR HABEN NICHT IN DIE URNE GESCHAUT

Geweint haben wir am Grab,
Erde und Rosenblätter gestreut,
einander umarmt, unsere
Tränen nicht getrocknet

Gelacht haben wir nach etwas Wein,
laut waren wir, unserer Stimmen riefen,
durcheinander, wie unsere Seelen, riefen,
wo bist du, Tote, wo?

Wo deine Haut, deine wilden Locken,
blitzenden Augen, deine Stimme,
deine Fragen, deine Kraft,
woran können wir glauben, Tote?

Asche bist du, Tote, feinpulvrig schwarz,
groß und blau zugleich wie die Himmel, wir weinen,
lachen, sehnen uns nach einem Verstehen,
weit hinter unserem Verstand, alles,

alles, was wir glauben, ist Widerstand

für Barbara Steinrücken 1956 - 2016

ZUM FREUND

Führe uns nicht in Versuchung zu urteilen,
sondern erlöse uns durch die Liebe,
der Tod ist eine kleine, leise Melodie,
zärtlich zu unserer Angst,
voller Leben jenseits des Lebens

Die Haut wird dünner,
wirft Falten auf und Fragen, mehr Milde
wohnt in unseren Augen
und manchmal geschieht es
und wir sind dem Glück nahe

Wie kannst du beten,
wurde er gefragt.
Er möchte, antwortete er,
sich den Tod
zum Freund machen

TOD SEI

Tod sei wie Schnee
weißer unberührter Schnee
Eine reinschwarze Katze
kreuzt das weite Feld
Auf Sammetpfoten
wirft sie ihren Schatten
gegen die Sonne
Bernsteinaugen
blinken mich an
Ihr schwarzer Kopf
schmiegt sich
in meine offene Hand
Der Tod schnurrt

WO BIST DU?

Nicht in den Himmeln Nicht
in der unendlichen Dunkelheit
der Kälte des Alls Das
wissen wir längst

Nicht neben uns Nicht
in uns Nicht im Licht und
nicht im Brot Manchmal
heißt es Du seiest in der Liebe

Im selben Raum bist Du
In den Zimmern
Hinter den Spiegeln
in denen wir immer nur

Uns selbst sehen

HAGEBUTTENWEG

Hagebutten säumen den Weg,
es blüht ein Magnolienbaum,
Rosskastanien liegen glänzend verstreut,
Holunderduft erfüllt die Luft,
Äpfel wiegen sich in ihren Zweigen,
roter Klatschmohn prangt am Zaun,
buntes Weinlaub rankt, trägt Frucht
um Frucht, wer zählt, wer misst
die Zeit auf meinem Weg?

Ich habe den Tod in mir, mag sein,
ich lebe noch sieben, noch vierzehn Jahr,
wer weiß vom Glück dort
am Ende des Hagebuttenwegs,
ich sterbe allmählich, sterbe
von Tag zu Tag, einverstanden
mit meinen Schritten, dem Leben,
der Zeit. Hagebutten säumen den Weg,
es blüht ein Magnolienbaum.

EBEN NOCH

Der Tod löst sich
aus den Schatten der Lichter
Eben noch haben wir getanzt
Er reicht uns seine Hand, seinen Arm,
er wiegt uns in den Schlaf
Wir werden nie mehr müde sein

Eben noch haben wir getanzt

für Elvira Volkmann 1948 – 2007

INHALT

1

Komm, mein kleiner Freund, wir gehen und pflücken uns den Mond vom Himmel 7

Lob meiner Großmutter 8
Amplituden des Lichts 10
Heimatverlust 11
Kaugummi durfte ich nicht 12
Meine Mutter war eine Egomanin 14
Was du dann siehst 15
Brüder 16
Damals war Indien noch fern 18
Flaschenpost 19
Mit einer Zigarette in der Hand 20
Hinter seinem Lächeln 21
Komm, mein kleiner Freund 22
An Euch 24

2

So hatte ich mich noch nie gesehen, ich starrte in den Spiegel und ließ mich nicht aus den Augen 29

Näher kommen 30
Als er endlich sprach 32
Einfach ein bisschen verrückt 33

Selbstporträt 34
Abbild 36
Die Welt das Buch 37
Mit Nägeln schreiben 38
Bruder, schrieb sie mir 39
Das Blau ein Orange 40
Das andere Leben 41
Ringe um Ringe 42

3

Er könnte dein Bruder sein ***47***

Mit Chagall ging er manchmal aufs Glatteis 48
Auf dem Teppich 49
Da steht dieser Nichtabgetriebene 50
Abed hockt auf dem Marktplatz 51
Herzblut 52
Ein Tag bricht aus 53
Zerflalene Wretör 54
Auch Ihr 55
Irgendeinem Passanten 56
Manhattan im Gegenlicht 57

4

Ich bin die Liebe in unseren Augen ***61***

Sommerenden 62
Der Raum 63
Hochzeit 64
Am Elbuferstrand 65
Eine stolze Frau 66
Unsere Tage 67
Ich bin 68
Die Rose nimm 69
Was bleibt? 70

5

Kein Warten mehr
Die Erde reißt auf ***77***

Rappertsweiler 78
Flanagan. Irische Gedanken 79
Ich bin die Tür 80
New York Humility 81
Das irische Haus 82
Rissige Erde 83
MANHATTAN NYC 84
Es ruft der Muezzin 85

6

Wer zwingt uns denn, immer nur wir selber zu sein ***89***

Von meiner Warte 90
Im Bad 91
Sphinx der Vorgärten 92
Kandinsky und das Weiß 93
Tisch und Bild 94
Das gute Porträt 95
Glück-Wünsche. Eine Collage oder Der Disput mit dem Glück 96
Gelehrter vor japanischer Landschaft 98
Neu erzählt 99
Herde im Gehege 100
Am Kai 101

7

Sind wir Ebbe, sind wir Flut, der Wind oder die Fahne? ***105***

Immerhin unsterblich 106
Die sich kreuzen 107
Unter der Donar-Eiche 108
Ihr lächelt 110
Worauf warten wir noch? 111
Wellenzittern 112
Liegestühle in der Reihe 113
Ein freier Wille 114
Lyonel Feininger auf thüringischen Dörfern 116
Der Mond uns nah 117

8

Eben noch haben wir getanzt ***121***

Saumselig 122
Der Wind 123
Das Neue Jerusalem 124
Mehr als eine Metapher 126
Lange Zeit 127
Dialog der Religionen 128
Götter allein 129
Am Ende ein See 130

9

Selbst wenn einer lange vergeblich sucht, glaubt er, glaubt, solange er sucht ***135***

Was machen wir morgen? 136
Undunkel 137
Wir haben nicht in die Urne geschaut 138
Zum Freund 139
Tod sei 140
Wo bist Du? 141
Hagebuttenweg 142
Eben noch 143

DIE FOTOS

Dieses Buch ist nach den Erzählungen *King George, Chagall, die Monroe und wir* und den Reportagen *Mein Weg. Biografische Gespräche* bereits das dritte gemeinsame Projekt des Autors Gerd Riese und der Fotografin Ilona Richter.

Ein Lyrikband erfordert einen anderen Umgang im Zusammenspiel von Text und Foto als Erzählungen und Reportagen. Wir haben entschieden, die Fotos als eigenständiges Angebot zwischen die Kapitel zu stellen, bewusst ohne Bezug zu einzelnen Gedichten.
Musik erklingt während Lesungen als Atempause zwischen vorgetragenen Gedichten. Die Musik lässt einerseits nachspüren, setzt andererseits eigene Akzente. Fotos in diesem Buch sind als ebensolche Pausen gedacht.
Es sind Fotos, die am Lebenswegesrand – ganz aus dem jeweiligen Augenblick, ohne Inszenierung entstanden sind.

SEITENVERZEICHNIS FOTOS

Seite 26 – New York 2015
Seite 27 – Marokko 2017

Seite 44 – Paris 2017
Seite 45 – New York 2015

Seite 58 – Irland 2018
Seite 59 – Marokko 2017

Seite 72 – Marokko 2017
Seite 73 – Budapest 2016
Seite 74 – Norditalien 2011
Seite 75 – Neuss 2008

Seite 86 – Bochum 2009
Seite 87 – Gelsenkirchen 2015

Seite 102 – Mädchen 2018
Seite 103 – Frau 2018

Seite 118 – Toskana 2011
Seite 119 – Prag 2013

Seite 132 – Gras 2009
Seite 133 – Schloss 2013

Titelfoto: Eine Bucht in Irland 2018